KB202573

생각

생각

마재영 詩集

육신을 좇는 자는 육신의 일을
영을 좇는 자는 영의 일을 생각하나니
육신의 생각은 사망이요
영의 생각은 생명과 평안이니라

(로마서 8:5~6)

차례

1부 : 생각

2부 :

나라여

3부 :

설악산 사랑

1부 :

생각

생각

요새는 무슨 생각 하면서 살까?

그때는
무슨 생각으로 그런 말을 했을까
아무리 생각해도

다시는 그런 생각 말라고,
그런 생각 하면 큰일 난다 해도
들은 척도 안 하더니

결국은 저지르고 말았다

육신을 좇는 자는 육신의 일을
영을 좇는 자는 영의 일을 생각하나니
육신의 생각은 사망이요

영의 생각은 생명과 평안이니라

(로마서 8:5~6)

당신이 있어

나무들이 있어
산이 아름답습니다

별들이 있어
밤하늘이 아름답습니다

당신이 있어
세상이 아름답습니다

최고의 知性 당신
최고의 知性 다 버리고
어려운 자들 발을 씻고
종으로 산 당신

이것들을 생각하라 (빌4:8)

종말로 형제들아

무엇에든지 참되며

무엇에든지 경건하며

무엇에든지 옳으며

무엇에든지 정결하며

무엇에든지 사랑할만하며

무엇에든지 칭찬할만하며

무슨 덕이 있든지

무슨 기림이 있든지

이것들을 생각하라

너희는 내게 배우고 받고 듣고 본 바를 행하라

그리하면 평강의 하나님이 너희와 함께 계시리라

(빌립보서 4:8-9)

예배를 드렸으면

그렇게 오랫동안
예배를 드렸으면 조금이라도
변한 게 있어야 하지 않을까

"피리를 불어도 춤추지 않고
애곡하여도 가슴을 치지 않는
다"는 말씀이 있지만
하나님께서 임재하신 예배,
그 영광의 시간에
아무 일도 없단 말인가

예배하는 시간은
골방이든 감옥이든
병상이든 전쟁터이든
예수님을 만나는 시간

아무리 예배를 드리고 싶어도

드릴 수 없는 때가 올 수 있다

가을 사랑

이 좋은 가을날

이제야 만나서
이제야 사랑해서
어이하리

가을은 코스모스를
잊지 못하고
코스모스는 가을을
잊지 못하는데

바라보며 울고만 있네

지구상 모든 사람에게 (눅21:34~36)

너희는 스스로 조심하라
그렇지 않으면 방탕함과 술취함과
생활의 염려로 마음이 둔하여지고
뜻밖에 그 날이 덫과 같이
너희에게 임하리라

이 날은 온 지구상에 거하는 모든
사람에게 임하리라

이러므로 너희는 장차 올 이 모든
일을 능히 피하고 인자 앞에
서도록 항상 기도하며 깨어 있으라

(누가복음 21:34~36)

예수를 만나려면

예수님을 만나려면
더 낮은 곳으로 오세요

다 버리고 오세요

환란의 때

기도, 잘 알지만 바빠서
전도, 잘 알지만 피곤해서
예배 끝나기 무섭게 자리를 뜬다

땅은 흔들리고
전쟁과 질병과 가난으로
곳곳에서 통곡소리

어서 속히
온 세상에 하나님의 구원이
이루어지길
마라나타.

십자가 사랑

사랑은 가장 숭고한
희생의 실천

사랑은 인간의 논리나
설명으로 다 알기란 쉽지 않다

십자가의 사랑은
감동 감격 차원의 사랑이 아니다
죽음을 넘어선 하나님의
완전한 사랑이다

둘레길

철없는 때는 몰라서
젊어서는 혈기왕성해서
늙어서는 힘이 없어서

이제는 어른이 되었으니
다 품고 이해할 것 같은데
숨이 차다

먼 길 오느라 지쳤는데
돌아보니 제자리
살아온 세월이 가물가물
인생 둘레길

지금이 몇 시인가

엊그제
엄마 품에서 태어났는데
정신 차려 보니
다시 엄마께 돌아갈 시간

허허, 어느 날 보니
中年 자식이 내 앞에
지금이 몇 시인가

첫사랑

철없던 첫사랑
언젠가는 만날 것 같은데

올해도 벌써
가을 가고 겨울 가고

아직도 순진하구나
여전히 철이 없구나

선교의 필요들

선교는

기도가 필요하다

사람 힘으로 하지 않기 위해

재정도 필요하다

많은 분들이 함께하기 위해

또 중요한 것은 사랑이다

선교 현장의 갈등과

상처와 아픔 다 품으려면

쏟아야 할 눈물

흘려야 할 피

십자가의 사랑이 아니면

어떻게 감당하리

“나는 날마다 죽노라”

뒤를 돌아보지 말라

거룩하고 영화로우신 주여
하나님은 우주의 영광입니다
온 우주는
하나님께서 창조하셨고
하나님께서 통치하십니다

그럼에도
세상은 어지럽고
혼란스럽습니다
하나님을 외면하고
세속의 즐거움을 찾고
돈을 더 사랑합니다

주여, 그날에
모든 우상과 거짓과 탐욕이
맹렬한 불에 타고

황금과 돈이 불탈 때

뒤를 돌아보지 않게 하소서

自己否認

그리스도인의 삶은
自己否認의 삶이다

탐욕을 부인하고
거짓을 부인하고
부귀영화를 부인하고

오직 예수의 능력으로 사는
제자의 삶이다

아무든지 나를 따라 오려거든
자기를 부인하고
날마다 제 십자가를 지고
나를 좇을 것이니라
(누가복음 9:23)

도서관에는

책들이 책장을 넘긴다
세상 사는 이야기
울부짖는 외침
내 가슴도 뜨거워진다

피로 쓴 전쟁 이야기
꽃으로 쓴 사랑 이야기
바람으로 쓴 인생 이야기
시간으로 쓴 역사 이야기

도서관은 오늘도
온 세상 이야기로 뜨겁다

도서관에 오면

누가 그렇게 쓸 수 있을까
가난을 각오하고
죽음을 각오하고
위대한 영웅들을 만난다

층마다 코너마다
영웅들의 열변으로 우렁차다
지하에서 피로 쓴
그 날의 역사는
방황하는 이 백성에게
홍해의 바닷길이 되었다

가난하게 살았지만
황금을 탐하지 않고

권력의 칼 앞에서도

무릎 꿇지 않은 지조에

가슴이 뛴다

피할 수 없는 길

처음도 사람이요
마지막도 사람이다

우리는 이 시대
이 땅에 태어나
사람답게 살려고 애썼다

인생은 단 한 번
잘 살아야지
떵떵거리고 잘 살아야지

그러나 살다 보니
이 세상이 끝이 아니네
천국에서 영원히 살든지
꺼지지 않는 불지옥에서

영원히 살든지.

피할 수 없는 길

빛이 되기까지

내 맘이 가장 편할 때는
내 자신을 가장 포기했을 때다
그때 나는 비로소 저 창공을
자유롭게 날아 본다

세상이 점점 어두워진 것은
자신을 태워야 밝힐 수 있는
빛이 없기 때문이다
침례(세례)는 받았지만
아주 죽지는 않았나 보다

"너희는 세상의 빛이라"

예수 안에서

선과 악 분별이
혼탁해진 마지막 때
예수 안에서 살자

오늘 하루도
눈은 주님 얼굴을 향하고
귀는 주의 음성을 들으며
입은 예수 복음을 말하는
예수 안에서 살자

내 안에 거하라
나도 너희 안에 거하리라
가지가 포도나무에 붙어 있지 아니하면
절로 과실을 맺을 수 없음 같이
너희도 내 안에 있지 아니하면 그러하리라
(요한복음 15:4)

좁은 문으로

드디어
내 기도가 이루어졌습니다

명문학교를 수학하고
세계적인 사업가로
명성을 날렸습니다
재벌이 되었습니다
교회에도 중직자입니다
부러울 것 없습니다

어느 날 새벽
눈물로 기도합니다
주님, 용서해 주소서
이제라도
좁은 문으로 가게 해 주소서

큰 사고로 다 잃었지만

나를 다시 찾았습니다

어릴 적 추억

초가지붕에 흙바닥 부엌
방 하나에 열 식구 뒹굴고
소 쟁기로 농사짓던 시절

퀴퀴한 냄새 바닷가 동네
보슬비 내린 캄캄한 밤
도깨비불 날아다니고
머리 없는 귀신 설치던 시절

달나라에 토끼 살던 때가
엊그제 같은데

2부 :

나라여

나라여

正義가 방황(彷徨)하면
不義가 계략(計略)을 꾸미고
權力이 부패(腐敗)하면
姦臣들이 得勢한다

나라여
해야 할 일 태산이요
가야 할 길 아득한데
宗敎는 돈에 입 맞추고
곳곳에 거짓이 난무하니
나라여 어찌하리

여호와 하나님
우리나라 우리민족의 죄악을
용서해 주소서

다음 세대들을 신실한 예배자로
축복해 주소서

作家에게

作家는 使命者

그래서 죽지 못한다

할 말이 있어서

할 일이 있어서 죽을 수 없다

이 혼탁한 세상

밝고 정직한 나라를 위해

무서울 것 없는 용사 되어

더 자유롭게 쓰고 또 써서

좋은 세상 나누자

그대여

이름 모를 들녘에 묻힐지라도

그 열정 그 지조(志操)는

영원히 살아 외치리라

불과 물

물만 있어도 살 수 없고
불만 있어도 살 수 없다

물은 불이 있어 물이요
불은 물이 있어 불이다

물과 불
나의 사악함을 태워 주시고
나의 더러움을 씻어 주소서

아가 손

너무 귀여워 아가 손

벚꽃 잎보다 하얀 손

꼼지락 꼼지락

잡아 보고 싶지만

손가락 사이로 빠지고 만다

아직은 세상이 닿지 않은 손

한번 잡아 보려니

더러운 내 손이 떨린다

6.25 피난 일기

6.25 전쟁 중 어느 날 밤
혼비백산하여
동네 앞 無人島로 피난을 갔다

인기척 나면 다 죽는다
울지 마라 아가야
포대기에 둘둘 말아
살면 살고 죽으면 죽고.
절박한 밤 숨죽이며 떨었다

아직도 전쟁 중이다

어떤 세상 오려나

암울했던 그 시절
하필이면 그때 태어났을까
늘 슬픈 노래 불렀지만

어느 날 돌아보니
21세기 최첨단 시대를 살고 있다
제법 자동차도 운전하고
인터넷으로 지구촌도 뒤진다

이제는 밥 먹고 살 만하니
그 시절을 다 잊었나
국가 사회도 성스러운 가정도
다들 너무 변했다

이 어지러운 세상
우리 후손들은 어떻게 살까

갇혀진 복음

예배는 드리지만
기도는 하지만
예배 시간 끝나면 끝인가

축도가 끝나고
텅 빈 예배당 안에는
땅끝으로 가야 할
복음만 남겨진 것 같다

온 세상을 예배 처소로
온 인류를 예배자로

고향인데

사람으로 태어나
굶어 죽고
병들어 죽었던
비참한 시절

살겠다고 떠나온 고향
어느 날 돌아보니
백발이네

죽기 전 한번이라도
보고 싶은데
불러도 불러도 대답이
없구나
친구들아

용서 문제

엎드려 기도한다
그럼에도 용서가 안 된다
다시 마음을 가다듬고 기도한다
그럼에도 사랑이 안 된다
일곱 번을 일흔 번까지
용서해야 하는데

너희가 사람의 잘못을 용서하지 아니하면
너희 아버지께서도 너희 잘못을
용서하지 아니하시리라
(마태복음 6:15)

성경은

성경은

예수를 죽인 자들

제자들을 죽인 자들

선교사들을 죽인 자들

그 죄인들 까지도

사랑한 예수

구원 이야기

예수의 그 사랑

갚지는 못할망정

너무도 자연스럽게 죄를

짓는 세상

그러므로 깨어 있으라

성경은

곧 다시 오신다는 예수님의 약속입니다

가장 급한 일

시시각각 급변한 세상
어제의 원칙과 상식이
벌써 지난 시대의 잔소리

숨쉬기도 바쁜 세상
결코 놓쳐서는 안 될 것을
놓친 것은 없을까

예수 이름 한 번 못 듣고
죽어가는 사람 얼마인가
그 영혼들 어이하리

이보다 더 긴급한 일 또
있을까

너는 말씀을 전파하라 때를

얻든지 못 얻든지 항상 힘쓰라

(디모데후서 4:2)

부르심(calling)

나는 왜 사는가?

예수 생명으로

풀잎 하나도 소중한 생명
벌레도 짐승도 소중한 생명
온 세상은 소중한 생명으로
충만하다

꽃들은 사랑 따라 춤을 추고
새들은 노래 따라 하늘을 날고
온 하늘 온 땅이 할렐루야

온 우주는
하나님의 사랑으로
하나님의 영광으로 충만하구나

"하나님께서 보시기에 좋았더라"

복음이 들어가면

복음이 들어가면
변합니다
인생관이 변하고
가치관이 변하고
삶이 변합니다

관심이 변하고
소원이 변하고
기도가 변합니다

복음이 들어가면
육적인 사람이
성령의 사람으로
이기적인 사람이
사랑의 사람으로

그렇게 세상의 빛

하나님의 사람으로 변합니다

JESUS

인류 역사의 기준(BC. AD)
죄와 악의 구분
천국과 지옥의 조건
양심과 법의 근거
인류 지식 문화의 교과서(성경)

온 인류는
여호와 하나님의 역사를
피할 자 아무도 없다
우리의 머리털까지도,
하늘과 산과 바다의 모든
생물과 풀 한 포기까지도
하나님 안에 존재한다

JESUS,

인류 역사의 결론

온 세상의 구원자

도토리 축제

도토리 한 알이 쑥쑥 자라서

꽃이 피어나요

예쁜 도토리 꽃나무가 되어요

도토리 한 알이 톡 떨어져요

이제 도토리가 낙엽에

뭉쳐 뭉쳐져서 툭 떨어져

여름이 되었어요

2024년 10월 어느 날

지은이: 마루아/서울. 2019년생

자식

자식이 역사이고
자식이 온 세상이다

자식이 하늘이다
아침저녁 바라보는 하늘이다

자식이 태어난 그날
부모는 자식으로 산다
자식이 웃음이고
자식이 행복이다

未完成 人生

절망한 자는 소망을
병든 자는 치유함을
이기적인 자는 포용을
게으른 자는 성실함을
두려운 자는 담대함을
교만한 자는 겸손을

언제쯤 이러고 살까
아직도 나는 未完成 人生

소중한 한 사람

오늘도
직장에서
병원에서
학교에서
당신은 소중한 사람

어디서든지
누구에게든지
당신은 이미 소중한 사람

선한 사마리아인입니다
이름 없는.

예수님을 따라

예수님은 가신 곳마다
회개하라 천국이 가까왔다
복음을 전하셨다

예수님은
멋진 성전이나 권력자들
찾지도 부르지도 않으셨다
오히려 어부들 부르셨고
빈들에서 광야에서 복음의
능력을 보여주셨다

제자들도 세상의 안일함
명예 부를 구하지 않았다
예수님처럼 핍박과 고난
순교의 삶을 살았다

신랑을 기다리는 신부들이여

부활의 증인들이여

최후 승리를 얻기까지-

성도의 정체성

교회는 왜 다닐까?

기도는 하는데
예배는 드리는데
봉사도 열심인데

성도는
가족에게 누구일까
이웃에게 누구일까
국가에게 누구일까
인류에게 누구일까
하나님께 누구일까

성공탑 쌓기

주님 성공했습니다
기뻐해 주십시오
구름 위까지 솟은
화려한 바벨탑 바라보며
와우 이럴 때도 있구나!

우리가
우리의 힘으로
우리의 꿈을 이루었습니다.
주님 감사합니다

그게 나와 무슨 상관이냐

3부 :

설악산 사랑

설악산 사랑

근엄한 피아노 바위
오늘도 설악산은
사랑하는 연인들
축하연주라도 하려나
나무들도 새들도 구름도
바람도 분주하다

사느라 지친 사람들
그리워 찾아온 설악산
세속의 더러움 다 품어 줄
푸르른 가슴이여

내 몸은 이미
독수리랑 창공을 난다
휴~ 살 것만 같다

2024. 10. 1~3.

설악산 가족여행 중

봄에게

파아란 싹이 귀엽고 예쁘다
양지 언덕에 졸고 있는 봄
꼬옥 안아 보고 싶다

담장마다 장미꽃
드넓은 양귀비 꽃바다
꽃이랑 봄바람이랑 잘 논다

오색 꽃 만발한 꽃밭에서
옷 훌랑 벗고
그대와 누워 잠들고 싶구나

가을에게

가을아,
노을 진 석양이 황홀하다
여름 내내 온 세상 불태우더니
붉게 탄 석양이 녹아내린다

수줍은 반달 구름 속에 숨었는데
둥지 떠난 새들 떼 지어 돌아오고

길 따라 줄지어 핀 코스모스는
가을 손님에 바쁘구나

이혼

맑은 눈 선한 미소
겸손하고 아름다운 인품
천사인가 사람인가
온 국민의 사랑

어느 날
그 미인이 이혼을 하다니
그럴 수도 있는가
쌓이는 아픔과 상처들

온 나라가 아프다

2024 추석날

드디어 왔다
베란다 창문에 얼굴을 내민
보름달과 인사를 건넨다

오늘이 그 날이구나
안 먹어도 배부른 날
너희들이 있어서 추석이지

오늘 아침 잠자리에서
너희들 맘껏 볼 수 있다니
얼마나 행복한가

내년 추석은 또 언제나 올꼬

2024. 9. 19. (목) 다 떠나고

순교비 앞에서

낯설고 외로운 이방나라에서
얼마나 부르짖었을까
얼마나 울었을까

순교자 묘비 앞에서
가슴이 먹먹해진다

가난과 질병 미신
우상의 나라 한국이
기독교의 나라 선교국가로
부흥한 것은

고집스럽고 척박한 이 땅에서
복음을 외치다 순교한
피의 열매라

교회의 마지막 사명은
예수님의 말씀을 따라
온 세상 땅끝까지
지체하지 말고 복음을 전하는
일이다

선교는 주님의 지상명령

"너희는 온 천하에 다니며
만민에게 복음을 전파하라"
(마가복음 16:15)

갈등

아직도 그 인간을…

내가 왜 이럴까

아직도 그 오해를…

내가 왜 이럴까

원수까지 사랑해야 하는데

축복하고 기도해야 하는데

주여, 내 눈 속의 들보를

보게 하소서

文學少女의 꿈

갑자기 아내가 한마디 한다
'나도 시 한편 써 볼까'
깜짝 놀랐다

매달 오는 문학책에서
詩 몇 편 읽더니
詩 感性이 생겼나?

그러고 보니
길가에 핀 꽃 한 송이만 봐도
놀란 듯 입 맞추고 예뻐했지
그동안 내가 너무 무심했나

文學少女의 꿈,
그동안 어디에 숨었을까

Go or Send

이 시대는
누구나 선교 시대
어디서나 선교 시대

언제부터인가
우리 이웃이 된 이방인들
우리는 어떻게 반겼을까

우리는 복음의 빚진 자들
나가지는 못할지라도
우리 집 앞까지 찾아온 영혼들

하나님께서 우리에게 주신
마지막 기회가 아닌지

Go or Send!

예배당의 종소리

초가지붕 시골마을
덩그렁 덩그렁 교회 종소리
새벽잠을 깨운다
산도 바다도 가축들도
긴 하품으로 눈을 뜬다

365일 들판에서 산속에서
해 진 줄 모른 사람들
앞바다를 지나는 통통배들
다들 집으로 돌아가세요

예배당의 중후한 종소리는
이곳에도 사람이 살고 있소
유일한 알림이었다

著者의 소회

이곳으로 놀러 오세요
천년 전 이야기
천년 후 이야기 보러오세요
책들이 사는 아파트입니다

책 제목만 봐도
저자의 이야기가 들립니다

해맑은 감성도
대쪽 같은 지성도
불타는 사랑도
꺾을 수 없는 그 고집
포기할 수 없는 그 정신
책으로 출생하기까지

産苦의 고통입니다

구원하시려고

그렇게 잔인하게 당하셨으면
저주라도 내려야지요

예수 그리스도
하나님의 아들
인간으로 오셔서

온 세상 죄와 허물
다 뒤집어쓰시고
십자가에서 죽기까지
죄인들인데 사랑하셨다

"우리가 아직 연약할 때"
"우리가 아직 죄인 되었을 때"
"우리가 원수 되었을 때"
(로마서 5장 중에서)

믿음의 용사

가난을 두려워 않는
믿음을 본다
세상을 부러워 않는
신앙을 본다
죽음을 두려워 않는
용사를 본다

오늘도 세상에서
부귀영화 부러워 않고
핍박고난 두려워 않는
믿음의 용사여

근신하라 깨어라
너희 대적 마귀가 우는 사자 같이 두루 다니며
삼킬 자를 찾나니
(베드로전서 5:8)

不眠의 밤에

이제 생각해 보니
책 쓴다고
지새운 밤이 습관처럼

집에선
불면증이 심하다고
미국에서까지 약이 왔다

오늘밤도 길고 긴 겨울밤
생존경쟁 요란한 소음이
겨우 그쳐 고요한 밤

온 세상은 잠들고
글 쓰기 딱 좋은 밤
생각들을 끄집어낸다

복음은

복음은,
하나님은 누구신지
구원이란 무엇인지
나는 어떤 사람인지
가르쳐 주신다

내 안에 죄악을 보여 주시고
내가 어떻게 살아야 할지
가르쳐 주신다

복음은 회개로
회개한 신앙은 정직해진다
정직한 신앙은 담대하게
복음을 감당할 수 있다

가라사대 때가 찼고

하나님 나라가 가까웠으니

회개하고 복음을 믿으라

(마가복음 1:15)

친구들아

철없던 시절 그리워
백발이 되니 더욱 그리워
굽은 허리 흐릿한 눈
큰맘 먹고 찾아왔는데

모처럼 친구 왔다고
이 골목 저 골목에서
뛰어나올 것만 같은데
한 놈도 보이질 않네

친구들아
언제나 한번 만나 보나

바람 같구나

세월아 세월아

그때

허허벌판에 나만 내려놓고

바람처럼 사라졌지

그동안

나도 한 세상 산다고 힘들었다

온몸은 다 녹아내리고

속은 시커멓게 탔다

이젠 없어질 것도 없구나

지난 세월

휴~~ 바람 같구나

밤이 있어

오늘도
나는 사람답게 살았을까

하루하루가 전쟁
오늘도 사느냐 죽느냐
해야 하나 말아야 하나
생존경쟁의 현장

삶의 짐을 벗고 집으로
긴긴 겨울밤
잠으로만 보내기는 아쉽지
소홀했던 상처도 만져 보고
아픈 허리도 펴 보자

다 벗어도 자유로운 밤

계절은 떠나지만

불타는 가을 산
산 중턱에는 아직도
지난여름 웃음소리
사람들 체온 남아 있는데

떠나지 못한 사랑
붉은 낙엽 되어
그리움만큼이나 쌓였구나

눈이 내리기 전엔
떠나야 할 텐데

흙으로

풀 한 포기
울창한 나무들
이름 모를 벌레들
수많은 생명이 다하는 날
세상을 벗고 돌아가는 곳

뜨거웠던 사랑도
한평생의 고난도 슬픔도
황금도 권세도 명예도
다 버려야 하는 날

세상천지에 어디로 갈까?
통곡할 때
가슴 풀고 기다린 곳
내 집으로

사라진 것들

아무리 바빠도 어른께 인사는
하고 살았다
아무리 못살아도 떡 한 조각도
나누고 살있다
이웃은 다 한 가족이었다

법보다 양심은 기본이고
大小事는 온 마을의 행사였다

언제부터인가
이웃이 사라졌다
여기가 우리나라 맞나?
놀랄 때가 많다

얼마나 더 공부를 해야 될까
얼마나 더 잘 살아야 될까

국가를 위한 기도

신앙은 기도이다
기도하지 않은 것보다
큰 위기는 없다
국가와 가정의 평안을 위해
기도부터 하자

그러므로 내가 첫째로 권하노니
모든 사람을 위하여
간구와 기도와 도고와 감사를 하되
임금들과 높은 지위에 있는
모든 사람을 위하여 하라

이는 우리가
모든 경건과 단정한 중에 고요하고
평안한 생활을 하려 함이니라

(딤모데전 2:1~2)

2025. 1. 19. 대통령 구속된 날

하나님을 두려워하라 (마10:28)

몸은 죽여도

영혼은 능히 죽이지 못하는

자들을 두려워하지 말고

오직 몸과 영혼을

능히 지옥에 멸하시는 자를

두려워하라

(마태복음 10:28)

위엣 것을 생각하고
땅엣 것을 생각지 말라

(골로새서 3:2)

주님께 감사드립니다
2025년 3월 28일 마창욱 생일날

생각

초판 1쇄 발행 2025년 3월 28일

지은이 마재영
펴낸이 이기봉
편집 좋은땅 편집팀
펴낸곳 도서출판 좋은땅
주소 서울특별시 마포구 양화로12길 26 지월드빌딩 (서교동 395-7)
전화 02)374-8616~7
팩스 02)374-8614
이메일 gworldbook@naver.com
홈페이지 www.g-world.co.kr

ISBN 979-11-388-4113-9 (03810)